너의 슬픔이 끼어들 때

너의 슬픔이 끼어들 때

안희연 시집

창비

차 례

제1부

제2부

제4부

제1부

백색 공간

돌부리에 걸려 넘어진다고 쓰면
눈앞에서 바지에 묻은 흙을 털며 일어나는 사람이 있다

한참을
서 있다 사라지는 그를 보며
그리다 만 얼굴이 더 많은 표정을 지녔음을 알게 된다

그는 불쑥불쑥 방문을 열고 들어온다

지독한 폭설이었다고
털썩 바닥에 쓰러져 온기를 청하다가도
다시 진흙투성이로 돌아와
유리창을 부수며 소리친다
"왜 당신은 행복한 생각을 할 줄 모릅니까!"

절벽이라는 말 속엔 얼마나 많은 손톱자국이 있는지
물에 잠긴 계단은 얼마나 더 어두워져야 한다는 뜻인지
내가 궁금한 것은 가시권 밖의 안부

그는 나를 대신해 극지로 떠나고
나는 원탁에 둘러앉은 사람들의 그다음 장면을 상상한다

단 한권의 책이 갖고 싶어
아무것도 쓰여 있지 않은

밤
나는 눈 뜨면 끊어질 것 같은 그네를 타고

일초에 하나씩
새로운 옆을 만든다

화산섬

눈앞의 모든 나무를 베어버리고

땅을 판다
진짜 나무를 심을 것이다

너도 봤어? 매달린 얼굴 앞에 서 있던 것
두 눈을 촛불처럼 불어 끄고
나뭇잎을 흔들며 지나간 것

발버둥 치던 신발을 입에 문
저 개는 뚫어져라 나를 본다

누가 자꾸 휘파람을 부는 걸까
나도 봤어, 나무가 한 사람을 발끝까지 후루룩 삼키는 거
나는 위악 없이 말하는 법을 배우고 있다
저 개의 눈도 기도로 가득 차 있다

온 나무에 불을 지르고 돌아서는

오늘은 나의 생일
“제겐 빵만큼이나 고독이 필요했습니다.”*
찢긴 종이를 이어 붙여 공중을 떠도는 목소리를 들을 때

이제 나는 목이 부러지는 높이를 아는 사람
여름은 충분히 들여다보아야 할 여름이 되고
이 손은 씻길 수 없는 손이 된다

잠에서 깨어나면 새 나무를 갖게 될 거야
그 나무에선 아무도 울지 않는 시간이 열릴 거야
무릎을 꿇고서

나는 온 힘을 다해 고요한 어항을 떠올렸지만 어항 뒤로
피투성이 얼굴이 겹쳐지는 것을 어쩌지 못했다

* 까뮈.

선고

너는 잠에서 나오지 않는다

나는 너의 감긴 눈꺼풀을 열고
눈보라 치는 설원을 바라본다

모든 악몽 위에 세워진
고요의 땅

그곳으로
너를 찾으러 간다

한방울 그리고 한방울
핏방울을 떨어뜨리며

펄떡이는 심장을 들고
너를 찾아 한참을 헤맨다

이토록 추운 잠 속에서

너는 혼자 얼마나 무서웠을까

간혹 바람만이 얼굴을 헤집고 돌아갈 뿐
어디에도 너는 보이지 않는다

나는 점점 희박해지는 숨을
몰아쉬며

서로를 끌어안으려다
목을 조르며 죽어간 두그루
나무를 떠올리고

먼지로 뒤덮인 피아노 덮개를 열듯
하나하나
용서를 빈다

몽유 산책

두 발은 서랍에 넣어두고 멀고 먼 담장 위를 걷고 있어

손을 뻗으면 구름이 만져지고 운이 좋으면
날아가던 새의 목을 쥐어볼 수도 있지

귀퉁이가 찢긴 아침
죽은 척하던 아이들은 깨워도 일어나지 않고

이따금씩 커다란 나무를 생각해

가지 위에 앉아 있던 새들이 불이 되어 일제히 날아오르고
절벽 위에서 동전 같은 아이들이 쏟아져나올 때

불현듯 돌아보면
흩어지는 것이 있다
거의 사라진 사람이 있다

땅속에 박힌 기차들

시간의 벽 너머로 달려가는

귀는 흘러내릴 때 얼마나 투명한 소리를 내는 것일까

나는 물고기들로 가득한
어항을 뒤집어쓴 채

고트호브*에서 온 편지

나는 핏기가 남아 있는 도마와 반대편이라는 말을 좋아해요

오늘은 발목이 부러진 새들을 주워 꽃다발을 만들었지요

벌겋고 물컹한 얼굴들
빼끔거리는 이 어린 것들을 좀 보세요
은밀해지기란 얼마나 쉬운 일인지
나의 화분은 치사량의 그늘을 머금고도 잘 자랍니다

창밖엔 지겹도록 눈이 옵니다

벽난로 속에 마른 장작을 넣다 말고
새하얀 몰락에 대해 생각해요
호수, 발자국, 목소리……
지붕 없는 것들은 모조리 파묻혔는데
장미를 이해하기 위해 우리에겐 얼마나 많은 담장이 필요한 걸까요

초대하지 않은 편지만이 문을 두드려요

빈 액자를 걸어두고 기다려보는 거예요
돌아올지도 모르니까
물고기의 비늘을 긁어 담아놓은 유리병 속에
새벽이 들어 있을지도 모르니까

별들은 밤새도록 곤두박질치는 중입니다

무릎을 켜면 지금껏 들어보지 못한 음악이 흘러나오는
것처럼

당신이 이 편지를 받을 즈음엔
샛노란 국자를 들고 죽은 새의 무덤을 휘젓고 있겠지요

* 그린란드의 수도로 '바람직한 희망'이라는 뜻.

가능한 통조림

묻을 것이 있는 사람들이 이곳에 찾아와요 나는 홀로 테이블을 지키고 앉아 목록을 작성합니다 축 늘어진 고양이를 안고 와서 불이 꺼졌다고 말하는 것 나는 대답 대신 검은 고양이라 적습니다 컨베이어 벨트는 쉬지 않고 돌아갑니다

오후에는 아무도 찾아가지 않는 통조림을 하나둘 꺼내봐요 뚜껑을 열면 나를 빤히 쳐다보는 눈동자들, 나는 팔꿈치와 무릎을 만지작거리며 내 몸이 들어갈 만한 커다란 통조림을 상상하죠 아름다운 불 속에서 아주 잠깐 낮잠을 자는 거예요 얼굴이 다 녹아내릴 때까지

어깨를 두드리기에 돌아보면 새하얀 커튼이 흔들리고 손이 닿지 않는 선반 위에도 잠들이 가득합니다 머리끝까지 지퍼를 올려 닫은 나무들 그림자만 덩그러니 앉아 있는 화단에선 꽃들의 목이 뚝뚝 잘려나가지만 이제는 벽돌 위에 벽돌을 얹듯이 창밖을 바라볼 수 있어요 새들은 새장 속에 있을 때 가장 멀리까지 날아가고

나는 천장까지 쌓인 통조림을 보면서 이리저리 몸을 접는 연습을 합니다 물속에서 녹고 있는 물고기의 자세를 상상하면서 영원한 잠에 빠진 오필리아가 되어 이곳에서 걸어나갈 아침을 기다려요 그러나 오늘은 몸 밖으로 뼈를 꺼내 입은 일요일 묻을 것이 많은 사람들은 성벽처럼 줄지어 서 있고 나는 보이지도 않는 의자에 꼼짝없이 묶여 있습니다

소인국에서의 여름

이곳에선 누구나 아름답게 웅크리는 법을 연습합니다

집으로 돌아가는 사람들의 우산이 뒤집히고 비에 젖은 거리는 깨뜨리기 좋은 가로등을 기도처럼 매달고 있습니다

나는 가만히 돌을 쥐고 명멸하는 불빛을 봅니다

모래야 나는 얼마큼 적으냐 정말 얼마큼 적으냐* 중얼거리며
나만 혼자 커다랗다는 부끄러움
열매처럼 매달린 시퍼런 발들을 끌어내리며
노을은 얼마나 휘저어야 다다를 수 있는 고요의 높이인지 생각합니다

눈을 감으면 오는 기차
여기 두 발을 자르면 국경을 넘어 떠날 수 있을 것 같지만

흙더미 속에서 걸어나오는 짐승들
파도를 끌어안고
덤불숲 너머 불타오르는 바다를 바라다보는 것입니다

이제 나는 흙 묻은 손으로
어떤 기다림에 대해 생각해야 합니다

쓰러진
큰 나무에 대해

촛불을 켜놓은 밤입니다
인간보다 몸집이 큰 개들이
밤새도록 인간의 잠을 지킬 것입니다

* 김수영 「어느날 고궁을 나오면서」.

줄줄이 나무들이 쓰러집니다

키 크는 일에 관해서라면 나도 조금 할 말이 있어요 허물어지는 계단을 달려와 단숨에 뛰어내리는 일 공중에 떠오를 때마다 나는 킥킥 비행기가 된 것 같지만 폭죽처럼 온몸이 터지고 바닥엔 흩뿌려진 색종이들 나는 아름다운 착지를 꿈꿔요 옥상은 매일밤 높아져요

누군가 나를 찢고 달아날 때마다 나는 매번 다른 사람이 되지요 뺨이 붉은 소년이었다가 잇몸만 남은 노인이었다가…… 지금은 철길 위에 꼼짝없이 묶여 있네요 경쾌한 기적을 울리며 기적 없이 다가오는 것들 바퀴가 끌고 갈 나는 어떤 모습일까요 토막 난 허리를 상상하면 거짓말처럼 배가 고파요 얼굴을 뒤적이다 가는 고양이들

줄줄이 나무들이 쓰러집니다 어제 죽은 내가 전하는 안부 같아서 양팔을 벌리고 검은 해일을 안아요 다음 장면에선 비가 오고 철골만 남은 건물들이 유령처럼 서 있습니다 이곳에선 내가 주인공이에요 모자를 썼다 벗었다 쓰며 스러져가는 불빛을 흉내 내죠 목소리가 나오지 않지만 괜찮

아요 가위를 든 손이 불현듯 나타났다 사라져도

꽃병에 꽂혀 있는 흰 뼈들 성냥으로 만든 집은 자주 흔들립니다 방문을 열고 들어오면 방금 전 내다 버린 상자들이 도착해 있고 창문은 추락을 보여줄 때 가장 선명해지지요 창밖의 아이들은 온종일 머리통을 공처럼 굴리며 놀아요 소매가 더러워지도록 땅을 파면 몸통들이 웃고 있고

나도 따라 환하게 웃어봅니다 누군가 또 나를 찢고 달아나요 나는 다시 빛나는 눈을 가진 맹인이 되어…… 맹렬한 불 속에서…… 진짜 죽음이 와도 완성하지 못할 긴 편지를 쓰고 있어요 벽에서 태어난 새들의 날갯짓 소리가 들려와요

히스테리아

나에겐 누군가를 살해한 심증이 있다

방문을 열면 한무리의 검은 개들이 서 있고

방문을 닫으면서 생각한다 방 안에는 텅 빈 캔버스가 있다

이것은 누구의 외투입니까 이 책은 어떻게 끝납니까
해바라기가 그려져 있다
내 손이 한 일이 아닙니다 나는 막 신발을 고쳐 신고
문밖의 개들을 따라가려던 중이었어요
캔버스를 뚫고 나온 해바라기가 발목을 휘감기 시작한다

밖에서 문을 닫아거는 소리가 났다
개들이 시끄럽게 짖어댔고
온 방을 뒤덮을 만큼 거대해진 해바라기가
입을 벌린 채 나를 내려다본다

나를 어디로 실어가려는 것입니까 이 방은

누구의 몸속에서 출렁이는 기억입니까

화염을 뚝뚝 흘리면서 녹고 있는

나는 얼음처럼
눈동자가 갈라지는 소리를 들었다

눈앞에는 텅 빈 캔버스가 있다

접어놓은 페이지

목동은 양의 목을 내려친다 양들이 휘청거리다 쓰러진다

너는 새하얀 것을 믿니 여기 새하얀 것들이 쌓여 있어
목동은 양의 발목을 잡아끈다 돌을 쌓듯 양을 쌓아
새빨간 성벽을 만든다

밤 그리고 밤
목동은 미동도 않고 서 있다
그 고요가 숲의 온 나무를 흔들 때
여름의 마지막 책장은 넘어가고

다시 밤은
부리가 긴 새들을 키운다
두 눈을 찌르러 올 것이다

얼마나 멀리 온 발일까
벽에 걸린 그림자를 떼어내도
벽에는 그림자가 걸려 있고

얼마나 오래 버려진 책일까
첫 장을 펼치기도 전에
모래 알갱이가 되어 바스러지는

목동은 구름처럼
양들이 평화롭게 날아가는 것을 보았다
가볍고 포근한

심장을 찌르러 오는 빛

목동은 부신 눈을 비비며 서 있다
언덕 너머에 진짜 언덕이 있다고 믿는다

물속 수도원

기도는
기도라고 생각하는 순간 흩어진다

나는 물가에 앉아
짐승이라는 말을 오래 생각했는데

저녁은 죽은 개를 끌고 물속으로 사라지고
목줄에는 그림자만 묶여 있다
개보다 더 개인 것처럼 묶여 있다

그림자의 목덜미를 만지며 물속을 본다

걸음을 재촉하는 사람들
그 끝엔 낮은 입구를 가진 집
물의 핏줄 같은 골목을 따라 모두들 한곳으로 가고 있다

마음껏 타오르는 색들, 오로라, 죽은 개
나는 그림자에 대고 너는 죽은 것이라고 말한다

물 위에 드리워진 나뭇가지
얼굴은 수초로 가득한 어항 같아

나는 땅에 작은 집을 그리고
그 안에 말없이 누워본다

이마를 짚으면 이마가 거기 있듯이
이마를 짚지 않아도 이마가 거기 있듯이

제2부

액자의 주인

그가 나에게 악수를 청해왔다

손목에서 손을 꺼내는 일이
목에서 얼굴을 꺼내는 일이
생각만큼 순조롭지 않았다

그는 초조한 기색이 역력했다
자꾸만 잇몸을 드러내며 웃고 싶어했다

아직 덩어리인데 괜찮으시겠습니까?

나는 할 수 없이 주먹을 내밀었다
얼굴 위로 진흙이 줄줄 흘러내렸다

프랙탈

1

아이들은 숲으로 간다
호주머니 속에 넣어둔 새는 까맣게 잊고
여기가 어디지 어디였지
새를 찾아 두리번거린다

2

아이들은 들여다본다
왜 저 사람은 물속에서 잠을 자고 있지?
아이들은 긴 나뭇가지를 주워 와
물에 젖은 구두를 건진다
이 구두가 우리를 데려다줄지 몰라
호주머니 속에서 새들은 힘차게 파닥거리고
아이들은 종종걸음으로 구두를 따라간다

3

아이들이 침입한 숲은
모처럼의 소동이 귀찮다

눈앞에 없는 새만이 진짜일 거라고 믿는 것
여름은 독 오른 실뱀을 풀어놓고
눈에 안 보이는 여름이 있을 리 없다고 말한다
여자는 하품을 하며 책장을 덮는다
아이들은 영원히 잠든다
숲이 다시 열릴 때까지

4

이 별은 나의 불행을 축으로 운행되고 있어
스크린에선 한창 영화가 상영 중이다
식탁에 앉아 혼잣말을 하던 주인공은
입속으로 수저를 밀어넣다 말고 울음을 터뜨린다
그녀는 오늘 낮에 읽은 점자책의 한 장면을 떠올린다
새를 찾아 숲으로 간 아이들이 이미 새를
가지고 있었다는 이야기
눈먼 자가 딱 한번 눈을 뜰 때 영화는 총성과 함께 끝이
난다

5

꽤 괜찮은 불행이었어

관객들은 만족한 듯 극장을 나서고 같은 시간

남자는 불 속에 앉아

불행을 관람하던 관객들이 집으로 돌아갔다는 문장을 적는다

남자는 고개를 저으며 서둘러 그 문장을 지운다

꼭 한방울의 기억이 공중에서 하얗게 부서진다

6

누군가 나를 내려다보는 느낌이 들어

그가 노트에

종말이라 적고 그 속으로 나를 밀어넣는 것 같은

7

백지 앞에서 고개를 숙이고 있던 남자는 화들짝 놀란다

불현듯 호주머니 속에서 새 한마리가 만져졌기 때문이다

입체 안경

스크린은 도로를 감추고 있다.

승객을 가득 태운 버스가 간다. 차창마다 똑같은 옆모습이 붙어 있다. 우리는 이름 대신 번호를 가졌지.

버스를 그려서 그 안에 버스를 구겨넣었어. 원을 그려서 그 안에 얼굴을 구겨넣듯이.

긴 커브를 돌았다. 두겹으로, 네겹으로, 여덟겹으로…… 흩어진다는 것. 목이 등 뒤로 돌아갈 때의 속도 같은 것.

손잡이는 말했어. 한곳에 오래 머물기 위해 유연하게 흔들리는 법. 끊어질 듯 끊어지지 않는

손을 내려도 여전히 손잡이에 매달린 것이 있지. 오분 전의 얼굴. 비틀거리는 가로수. 나는 나에게서 불시에 멀어지고

의자가 조금 흐트러진 것 같은데. 나는 의자의 구조에 대해 의심을 품었다.

하루해가 저물 때까지 한 사람을 완성하는 일.

하나 그리고 둘

1

휴일이 되자 다른 목소리가 흘러나왔다

누군가 헬멧처럼 내 얼굴을 뒤집어쓰고 손목 안으로
손목을 밀어넣었다

2

*누군가 읽은 편지 누군가 쓰다듬은 고양이 누군가 깨문 과일**
그는 접시를 닦으며 나에게 맞는 이름을 찾는다
*누군가 연 문 누군가 넘어뜨린 의자 누군가 죽은 병원***
거품 속에서 자꾸만 미끄러지는 것은
접시일까 이름일까

3

장갑은 손처럼 생겼지만 손이라고는 말할 수 없다
나에게는 없는 손을 장갑 속에서 발견한다면
얼마나 부끄러워질 것인가

접시와 접시 사이에는 또다른 접시가 있고
식탁 위에는 이인분의 음식이 차려져 있지만

나는 내가 한사람이라는 것을 믿는다

4
목을 넣었다 빼는 동작에 대해
창문은 끝까지 침묵할 준비가 되어 있다

땀에 흠뻑 젖은 얼굴을 벗는다

문득 손이 뜨겁다 손끝에서 이름이 돋아날 것 같다

*, ** 프레베르 「메시지」.

나의 작은 베르나르두 소아레스 씨

나는 큰 문을 가진 집에 살고 그는 작은 문을 가진 집에 삽니다

나의 이름은 페르난두 페소아, 그의 이름은 베르나르두 소아레스

우리는 매일같이 만나 저녁을 함께 먹는 사이이지요 리스본 외곽의 작은 식당 *도라도레스*에서요

그가 처음 *도라도레스*의 문을 열고 들어오던 날을 똑똑히 기억합니다 서른살 정도 되어 보이던 사내는

책 속에서 막 걸어나온 것 같은 모습을 하고 있었지요

마르고 큰 키에 새까맣게 그을린 얼굴, 겨자씨같이 콕 박힌 눈…… 마치

외투 대신 불안을 껴입고 모자 대신 침울함을 깊게 눌러쓴 모습이었다고나 할까요

나는 왠지 그가 싫지 않았습니다

십분이 넘도록 주문한 음식을 기다리면서 그는 쉴 새 없이 뭔가를 중얼거렸어요

손바닥을 한참 들여다보다 테이블을 쾅쾅 내려치기도 하고

주머니를 뒤져 꺼낸 쪽지를 읽으며 히죽거리기도 했지요
나는 어떤 이상한 힘에 이끌리듯 그에게 다가가 합석을 청했습니다
그는 허락도 거절도 아닌 표정으로 나를 힐끗 올려다보더니 종업원을 불러 주문한 음식을 재촉했지요
곧이어 음식이 나왔고 그는 걸신들린 사람처럼 식사에만 집중했지만 이따금씩 나의 말에 고개를 끄덕여주곤 했어요
그때 나는
정원을 가꾸는 일에 대해, 고독에는 흰색과 검은색 두 종류가 있다는 것에 대해 신이 나서 떠들어댔지요
큰 문으로 들어가면 작은 문이 나오고 작은 문으로 들어가면 다시 큰 문이 나오는
이상한 집에 대한 이야기도요
그는 흘러내리는 안경을 신경질적으로 추켜올리며 익힌 당근을 집요하게 골라내는 일을 멈추지 않았습니다
그 순간 식당 벽에 멀쩡히 걸려 있던 시계가 바닥으로 떨어져 와장창 깨어지는 일이 발생했습니다
식당 안에 있던 사람들의 시선이 일제히 한곳으로 얼어

붙었는데

바로 그때 그가 포크를 쾅! 내려놓으면서 이렇게 묻는 것이 아니겠습니까 "혹시 굴뚝에 사는 사람에 대해 들어보셨습니까?"

다음 날에도 그다음 날에도 저녁 7시 5분만 되면 그는 *도라도레스*의 문을 밀고 들어오고, 내 앞에 앉고, 서둘러 주문을 시작하는 것이었는데……

번갈아 놓인 흰 돌과 검은 돌처럼……

나는 오른손잡이이고 그는 왼손잡이이기에 그와 마주 앉아 있으면 거울을 앞에 두고 식사하는 기분이 듭니다

벽

벽은 계단을 감추고 있다 오후 세시 벽은 세번 깨어나고 대부분 잠들어 있다

나는 벽을 기다린다
깊이 잠든

가까이 귀를 대면 분주히 계단을 오르내리는 사람들의 발소리가 들린다 너는 뭔가를 말하려는 듯 입술을 달싹이지만

테두리를 버리려는 구름의 습관

가사 없는 음악처럼

나는 긴 호흡을 끌고 벽의 끝까지 가본다

벽을 담이라고 발음하는 발목이
이쪽으로 넘어온다

파트너

너의 머리를 잠시 빌리기로 하자
개에게는 개의 머리가 필요하고 물고기에게는 물고기의 머리가 필요하듯이

두개의 목소리가 동시에 터져나오더라도 놀라지 않기로 하자
정면을 보는 것과 정면으로 보는 것
거울은 파편으로 대항한다

잠에서 깨어나면 어김없이 멀리 와 있어서
나는 종종 나무토막을 곁에 두지만

우리가 필체와 그림자를 공유한다면
절반의 기억을 되찾을 수 있겠지

몸을 벗듯이 색색의 모래들이 흘러내리는 벽
그렇게 너의 슬픔이 끼어들 때
나의 두 손으로 너의 얼굴을 가려보기도 하는

왼쪽으로 세번째 사람과 오른쪽으로 세번째 사람
손목과 우산을 합쳐 하나의 이름을 완성한다
나란히 빗속을 걸어간다
최대한의 열매로 최소한의 벼랑을 떠날 때까지

각자의 코끼리

자루가 꿈틀거렸다

B는 잔뜩 힘이 실린 뒷다리의 근육을, K는 뿔처럼 솟아난 두개의 이빨을, Y는 바닥을 쿵쿵 울리며 다가오는 검은 그림자를 떠올리고 있었다

테이블은 발을 숨기기에 좋은 장소였다 *셋을 센 뒤에 각자의 패를 꺼내놓기로 하지*

칼을 뒤집으면 꽃이 되었다 다시
꽃을 뒤집으면

없었다

우유를 유우로 읽어도
쏟아지는 것은 쏟아지는 것

왼쪽 눈을 안대로 가리는 방식으로

오른쪽을 실감할 수 있게 되었다면

성냥은 누구를 위한 타협일 것인가

불타오르는 자루를 바라보면서 그들은
당분간과 결국의 차이에 대해 골몰하기 시작했다

산책자

벤치가 노파를 쓸어 담는다 노파는 움푹 쏟아진다

5분 전, 노파는 유모차를 밀면서 공원에 들어선다 우는 아이의 입엔 뼈가 물려 있다

15분 전, 노파는 유모차를 밀면서 언덕을 오른다 노파의 몸을 박차고 나온 뼈들이 경쾌한 음을 내며 아래로 굴러떨어진다 노파의 발걸음이 가벼워진다 유모차가 가벼워졌기 때문이라고 노파는 생각한다

30분 전, 노파는 유모차를 밀면서 상점 거리를 걷는다 쇼윈도우에 노파의 모습이 흐릿하게 비친다 목 없는 마네킹 위로 노파의 얼굴이 붙었다 떨어지고 붙었다 떨어진다 그 시간 악기점 주인은 플루트를 연주하고 있다 손가락은 몸의 구멍을 막느라 분주하다

40분 전, 노파는 유모차를 밀면서 집을 나선다 이곳엔 마땅히 벽이 없다 그렇게 생각하자 사방이 벽이다

45분 전, 테이블 위에는 자궁처럼 부푼 빵이 놓여 있다 벽에는 시계가 걸려 있다 시간은 여전히 창틀을 넘어가고 있다

러시안룰렛

볼링 핀은 쓰러지는 동작을 익히고 있다

한발의 총성이 울린다 문이 열리고 들것이 들어온다 아홉명의 사내가 자리에서 일어난다 들것이 나간다
한발의 총성이 울린다 문이 열리고 들것이 들어온다 여덟명의 사내가 자리에서 일어난다 들것이 나간다

의심의 여지 없이 레버를 당길 수 있는 것은
최후라는 말의 매혹 때문

몸이 바닥 쪽으로 기울 때 한꺼번에 쏟아지면서 완성되는 것 단 한순간이라도 나의 최대치가 되어보는 일 나의 시간은 바닥으로부터 다시 몸을 일으키는 동작에 있다 슬로우모션으로 바닥과 무릎을 차례로 짚는 것으로부터

목숨을 가진 자만이 일어설 수 있다 그것이 이 게임의 룰

한발의 총성이 울린다 벽이 무너진다고 해도 아니 실은

벽이라는 건 처음부터 없었다고 해도 나는 안이다 나는 바
깥을 믿는다

토성의 영향 아래

소프라노가 노래를 시작하자 아이들은 벽장 안으로 숨었다 우리는 그런 식으로 불에 대해서 말했다

우리는 물에 대해서 말했다 너무 많거나 하나도 없는 것, 그러므로 가득한 것, 흔들리는 것, 어두워지는 것,
아직 태어나지 않은 아이들
잠수부의 입술과
솟아오르는 숨 가쁜 꼬리에 대해서
말했다

입속에서
모래와 얼음이 뒤섞였다

시계는 남김없이 깨져 있다
창문은 절벽 쪽으로 열려 있고 구름 한점 없는
하늘은 엎질러진 잉크병 속으로 거세게 빨려들어간다

거울로 들여다보던

한명의 아이
두명의 아이
세명의 아이가

귀를 가린 채
귀를 가린 채
귀를 가린 채

돌아갔다

토끼가 살지 않는 숲

큰 나무와 밧줄이 있는 곳까지 왔다

나는 빵 조각을 흘리며 걷지만
아무도 나의 행방을 궁금해하지 않고

한 사람을 죽이겠다는 생각만으로 숲은 무성해지고 있다
발톱이 굵은 새들이 어깨 위에 앉아 있었다

바닥이 찢어지는 구름들, 걸어들어간 흔적은 있지만 돌아나온 발자국은 없는

내가 숲의 한가운데서 투명한 자물쇠를 떠올리는 동안
그림자는 서서히 일어나 잰걸음으로 달아났다

나는 당신의 생각 속에서 죽은 사람
타다 남은 몸으로 숲을 떠돌아요

나는 목소리가 들려오는 쪽으로 고개를 돌렸고

이쪽을 빤히 쳐다보던 것이 있는데 눈이 마주쳤을 때
풀숲으로 재빨리 사라져버린 것이 있는데

바스락거리는 소리가 들렸다 새빨간 눈에 대한 상상을
멈출 수 없었다

열마리 스무마리 백마리
셀 수 없을 만큼 불어난 토끼들이

나는 큰 나무와 밧줄을 번갈아 보았다
잠시 뒤면 매달려 있을 사람이 보인다

제3부

뇌조

흰 종이가 설원이 되어 깊어가고 있었다

내게 왜 이런 시간이 도착했는지 생각하느라 창밖이 어두워진 줄도 모르고

들여다본다는 건 참 가파른 일이구나 우리는 조금 더 부드럽게 휘어질 수 있겠구나 빛에 휩싸인 손으로

흰 눈 위로 흰 눈이 내리는 시간을 쓰다듬었다 찬장의 접시들이 흔들렸다

불을 켜지 않았는데 어둡지 않았다 나는 밤의 한가운데에 도착해 있었다 초인종 소리를 들은 것 같아서

잠시 자리를 비우고 돌아왔을 때 의자는 눈 속에 묻혀 있었고 종이에 흐릿하게 적힌 글씨가 보였다

"뇌조는 극지방의 고산 지대에서만 발견되며 포식자인 북극여우를 피해 눈 속에 굴을 파고 살아갑니다."

목소리는 목 안에 없는데 어디서 오는 것일까

나는 몸을 찢고 날아오르는 일과 아름답게 파묻히는 일을 상상했다 고개를 들자 눈앞에 북극여우가 서 있었다

돌의 정원

아이가 찾아왔습니다

나를 열고

여긴 더이상 식물이 자랄 수 없는 곳이라고 합니다
소매를 끌며 자꾸만 밖으로 나가자고 합니다

우리는 흰 울타리를 넘어 처음 보는 숲으로 갑니다

보통의
숲이었는데

나무들이 함께 걸어가기 시작했습니다
올려다보면 아주 긴 목을 가진 사람처럼 보였습니다

흰 종이 위를 맨발로 걸어가본 적 있니
앞이 안 보이고 축축한 버섯들이 자랄 거야

거기 있어? 물으면 거기 없는

여름
우리는 아름답게 눈이 멀고
그제야 숲은 자신의 호주머니 속에서
눈부신 정원을 꺼내주었던 것입니다

색색의 꽃들 아름다워 손대면
검게 굳어버리는 곳

아이는 온데간데없이 사라지고
멀찌감치 익숙한 뒷모습이 보였습니다

아니 거기서 무얼 하고 계세요 왜 그런
굴러떨어질 것 같은 얼굴을 하고 계세요

무심코 둘러보았는데

모두들

자신을 꼭 닮은 돌 하나를

말없이 닦고 있었습니다

백색 공간

이누이트라고 적혀 있다

나는 종이의
심장을 어루만지는 것처럼
그것을 바라본다

그곳엔 흰 개가 끄는 썰매를 타고
설원을 달리는 내가 있다

미끄러지면서
계속해서 미끄러지면서

글자의 내부로 들어간다

흰 개를 삼키는 흰 개를 따라
다시 흰 개가 소리 없이 끌려가듯이

누군가 가위를 들고 나의 귀를 오리고 있다

흰 개가 공중으로 흩어진다

긴 정적이
한방울의 물이 되어 떨어지는
이마

나는 이곳이
완전한 침묵이라는 것을 알았다

종이를 찢어도 두 발은 끝나지 않는다
흰 개의 시간 속에 묶여 있다

트릭스터

내놓으라고 말하는 사람들이 있었다

그는 모자를 벗는 척하면서 얼굴을 벗고
벽 이야기를 시작한다 그들 앞에 하나의 벽이 놓인다

멀리서 새가 날아오고 있습니다
이내 그 새는 벽에 부딪칠 것입니다
쿵
보았습니까
방금 전까지 새들은 자유롭게 날아가고 있었습니다만,

의아해하는 사람들에게 그는 다시 새 이야기를 시작한다

새라고 말하는 순간
새의 날갯짓은 나타납니다
새는 모든 사물의 심장 속
물 항아리 같은 침묵에 담겨 있지요
장미가 불이 되고

어항이 물 없이 흘러넘치고
어둠속에서 저절로 팽이가 돌아가는 것은 모두
새의 소관
나는 불가능을 말하기 위해 부득이하게 새를 호명했습니
다만,

액자를 든 사람들이 가까이 몰려들었다
몇몇은 원하는 이야기를 골라 담아 자리를 떴다

우리는 페달이 없는 자전거를 타고 있습니다
불붙은 손으로
어둠속에서 한 사람이 피아노를 연주합니다
음악에 휩싸인
길들이 두갈래 세갈래로 갈라지고
불현듯 몸이 공중으로 떠오르고
쿵
눈을 뜨면
벽에 부딪치는 순간이 있습니다

새로서 존재했던 순간이 있습니다
결국은 이 모든 게 믿음의 문제이겠습니다만,

도착을 모르는 이야기에 사람들은 지루함을 느꼈다
모두들 다른 새로움을 찾아 떠나갔다

우리를 가로막은 것이 무엇인지 생각해야 합니다
끝없이 미끄러지는 음계를 통해서
나는 보여주고자 했습니다
성대 잘린 개들을 위한 발성법
빛이 한 사람을 어디까지 망가뜨릴 수 있는지……

공터에 앉아 혼잣말을 하던 그는
남몰래 희미한 미소를 짓는다
모자를 불태우고 사라진다

사람들은 보았다고 믿는다
벽의 위치를 의심하지 않았기 때문이다

개에게서 소년에게

목줄을 쥔 손목이 잠깐잠깐, 손목을 놓칠 때마다
개는 낯선 문을 통과한다 네개의 발 속에 감춰져 있던
골목이 폭죽처럼 터져나온다 안이 우르르 밝아진다

*

개는 자유자재로 손목을 꺼낼 줄 안다
샛길에 관해서라면 전문가에 버금가는 식견을 가졌다
소년은 이따금씩 목줄을 의심하지만
동행이거나 동행이 아니거나
붙들려 있다면 이미 흘러넘친 것

*

잘 구겨지는 얼굴을 가졌다면
조각가의 섬세한 손길을 떠올리길
소년을 끌고 가는 것은 미숙한 무릎,
아직 오지 않은 과거이지만

골목을 헤매던 개가 불현듯 멈춘 곳에서
소년은 문득 시작되기도 하는 것이다

*

목적 없이 모였다 흩어지기
제목이 없어서 가능한 마음들처럼
개는 단숨에 소년을 앞지를 수도
엎지를 수도 있지만
순서를 위해서는 아니다

*

나란히라는 멀리
달력에는 없는 시간으로 굴러가는 바퀴들
담장을 넘어간 공이 무심코 돌아오듯
어느새 소년은 백지 바깥에 도착해 있다
어둠속에 홀로 남겨졌다는 것을 알게 된다

*

창밖에는 황금빛 불안이
소년에게는 데려다주는 개가
개에게는 소년을 잃어버리기 위한 산책이 있다
누구도 이 산책의 끝을 모른다

한그루의 나무를 그리는 법

뿌리에 대한 생각을 할 때마다 기침을 하게 된다
나는 아주 긴 철로를 가졌지만 기차는 출발한 적이 없고

먼 나라 영원한 먼 나라
그것을 뿌리라고 부르는 것이 좋다

뿌리 없이 나무를 그린다 뿌리 없는
가지는 태어나는 순간 휘청거리기 시작하고
기둥 뒤엔 잠복 중인 벌목꾼들

내가 그린 것은 한그루의 나무인데
불가피한 오후가 시작되고 있다

나는 일곱마리의 물고기를 기릅니다
하루에 한마리씩 죽고 그것을 일주일이라고 배웁니다
비어가는 어항을 보다가 까닭 모를 울음을 터뜨릴 때

나를 접어 날려 보내던 손

그 손을 잡고 있던 여름
나는 스케치북을 덮고 일어선다

나를 계속 따라오는 나무가 있었어 감은 눈 속으로
성큼성큼 걸어들어오는 나무가

*

여전히 한그루의 나무가 있다

주렁주렁 매달려 있는
유리사과

나는 한알을 따서 벽에 던져보았다
맑고 높은 소리가 났다

쓰러뜨리고 싶은 나무였다

백색 공간

그 방에선 나무가 자라고 있다
온몸이 뒤틀린 나무가 온몸을 비틀며 자라고 있다
몸속에 갇힌 태양
찬란했던 물의 기억을 태우며
겁에 질려 뒷걸음질 칠 때마다 시퍼런 이파리가 돋아났다
나는 황급히 문을 닫고 뒤도 돌아보지 않고 도망쳤다

자물쇠를 가지고 그곳으로 갔다

방 안에는 웅크린 나무가 있다
곤한 잠에 빠진 거인처럼
벽을 움켜쥐던 손을 거두어 가슴팍에 얌전히 모으고 있다
물도 햇빛도 없이
침묵이 고이면 얼마나 깊은 두 눈을 갖게 되는지

나는 문을 걸어 잠그려다 말고
얼굴이 잘 보이는 높이에 작은 채광창을 그려주고 돌아
왔다

나비를 보는 날이 많았다 창틀을 매만지면 밤이 왔다
발만으로는 갈 수 없는 깊은 골목
눈을 뜨면 문턱을 넘고 있었다 새로운 모퉁이를 돌 때마다 가지 말라고 손짓하는 아이들이 보였다

바람에 눈동자를 긁히며 그곳으로 갔다

온종일 입을 굳게 다문 날에는 물속에 잠긴 나무가
울면서 칼을 꺼내든 날에는 제 손으로 가지를 전부 부러뜨린 채
떨고 있는 나무가 보였다

피아노의 병

건반을 누르지 못하는 날들이 계속됐습니다

아직 눌리지 않은 건반과
손이 지닌 모든 가능성 사이에서
그는 내게 끊임없이 지시를 내렸습니다

연주하라, 죽은 아이의 목소리로

지금껏 수많은 지시어를 만나왔습니다 나에게는 예언의 새가 있고 언제나처럼 그것을 따라가면 될 일이었습니다

그러나 건반을 누르지 못하는 날들이 계속됐습니다 검게 주저앉는 마을을 보면서부터 그때 나는 손 닿을 듯 가까운 언덕에서 까마득히 내려다보는 방향에 있었습니다

질문을 품었습니다 음악은 어디서 오는가 음악은 무엇을 할 수 있는가 소리란 애초에 삼켜질 운명을 지닌 것, "언어를 통한 대답은 없다 적어도 언어를 통한 대답은 없다"*는

문장만이 머릿속을 맴돌았습니다

그날 이후 모든 사물이 나에게 죽음을 공물로 요구하기 시작했습니다 예언의 새는, 아니 예언의 새일 거라는 믿음은, 눈앞에서 처참히 찢겼습니다 영혼이 실리지 않은 음표들이 차가운 유리 조각으로 쏟아집니다

눈빛이었습니다 팽팽한 줄 위에서 춤추는 아이와 그 아이를 쓰러뜨리는 파도, 천진하게 다시 일어나 춤추는 아이와 그 아이를 쓰러뜨리는 파도…… 이 모든 것이 커다란 불속에 있었습니다 납작 엎드려도 소용없는 불 속에서……

빌린 발을 신고 긴긴 잠에 들어도 내가 죽은 아이가 될 수는 없습니다

피아노는 흰 천으로 덮여 있습니다 이곳에서 도망치지 않는 일에 하루를 씁니다 끝까지 손을 흔드는 자세가 그림자의 표정을 결정지을 것이라고

아직 눌리지 않은 건반과
손이 지닌 모든 불가능 사이에서
그의 지시는 점점 더 가혹해지고 있습니다

미지근한 물을 의심하는 사람은 아무도 없다
연주하라, 내면을 향하여

물속에 얼굴을 들이밀면
도처에 말할 수 없는 어둠뿐입니다

* 미셸 슈나이더 『슈만, 내면의 풍경』.

월요일에 죽은 아이들

1

스케치북에 일곱개의 태양을 그린다 누군가 다시 그 위를 검게 색칠한다
나는 아이들의 귀에 대고 그것을 첫눈이라고 일러준다

눈이라고, 첫눈이 내린다고,

아이들은 신이 나서 달린다 모자가 날아가도 달리고 신발이 벗겨져도 달린다 다리가 없어도 달리고 길이 없어도 달린다 없는 문을 열면 숲이 있다 숲이니까 푸르게 달려가는 아이들

나무도 따라 달리고 하늘도 따라 달린다 등 뒤는 멎어버린 시간이다 눈을 감고 달려가는 아이들 얼굴이 갈라져도 달리고 빛이 새어나가도 달린다

몸은 흩어지는 악기이다 단 한번의 연주 단 한번의 끝 달리는 동안 눈앞에서 멀어져가는 풍선이 있다 들썩이면서

들썩이면서 조금씩 가벼워지는 아이들 마침내 뼈가 녹고
음악이 멎고
한없이 투명해진 아이들

커튼을 열면 죽어 있다

2

책을 열면 죽음이 쏟아진다 맨발로 맨몸으로 달려나오는 아이들
나는 황급히 책을 덮고
변명처럼 천장을 올려다본다

거꾸로 매달린 아이들이 나를 보며 수줍게 웃는다

열매처럼

새파랗게 익어가는 아이들

눈을 감았다 떠도 아이들은 사라지지 않는다

심지도 않은 나무가 자랐어
생생하게 살아 있는 죽음들을
더는 넣어둘 다락이 없어
벽을 뚫고 자라나는 나무들을

여섯번째 아이가 떨어지면서
어깨 위에 잠시 앉아 있겠다고 한다

참
다정한
무게

책을 열지 않아도 죽음은 기묘하게 쏟아지고

나는 이제 산 것과 죽은 것을 구분하는 방법을 모른다

3

저곳은 들어가서는 안되는 집이라 했다 울타리를 세워놓은 날로부터 한참을

나는 매일같이 울타리 앞까지만 갔다가 돌아온다

울타리는 하얗고 허리를 넘지 않는다 얼마든지 넘어가도 좋다는 뜻 같다

나는 매일같이 울타리 앞까지만 갔다가 돌아온다

아이들이 나를 부르며 인사를 한다 들어가서는 안되는 집이라고 했는데

초록을 엎지르고 뒹굴고 나무를 옮기면서 놀고 있다

징그럽게 투명한 얼굴로

나는 들고 있던 사과를 놓친다

사과가 굴러간다

굴러간다

그로부터 세번의 여름이 흘러갔다

나는 어떤 사과에 대한 기억을 가졌고
이따금씩 키가 자랐다

상상 밖의 모자들로 가득한

우리는 서로의 손을 잡고
조금씩 기울어지는 시간을 겪고 있다

어쩐지 모험가가 된 것 같아
놀이기구 탄 것 같은데?
야, 내가 오늘 새 신발을 신어서 그래
방 안으로 밀려드는 물을 보며 쉴 새 없이 킥킥거린다

웃음소리
정적
더 큰 웃음소리
정적
시소를 타듯

사실은 너무 무서워
허리까지 물이 차올랐을 때
누군가 구겨진 종이뭉치처럼 툭, 던진 말

*

여기 모자가 있다고 생각하자 이 모자를 쓰면
우리에게 놀라운 시간이 탄생할 거야
아이는 모자를 쓰는 시늉을 했다
모자를 쓰자 눈앞에 엄마가 있었어 너는 용감하고 자랑스러운 아이라고 하셨어
바통처럼, 아이가 모자를 건넸다

아침에 반찬 투정 해서 미안하다고 말하고 왔어
두번째 모자는 더 높고 뾰족해 보였다
동생이 갖고 싶다던 신발이 있었는데 선물로 주고 왔어
세번째 모자는 더 높고 뾰족해 보였다
왜 자꾸 미안한 일밖에 생각이 안 날까?
…………
네번째 다섯번째 모자는 더 높고 뾰족해지고 있었다

턱 끝까지 물이 차올랐다

상상 밖의 모자를 쓰고서
우리는 일제히 눈을 감았다
황금빛 들판이 펼쳐진다 우리는 마지막 빛을 따라
깊고 느린 산책을 하고 있다

*

씨앗들
태양이 필요한 씨앗들

*

물속에는 왜 문이 없을까?
난 아까부터 까치발 하고 있어
지금부터 누가 제일 숨 오래 참는지 시합하자
여기 사람이 있어요 여기 사……라…ㅁ…

우리는 죽음의 수행원

가만히 잠들라는 명령을 받았다

검은 낮을 지나 흰 밤에

아이들이 양으로 돌아왔다

흰나비를 잡으러 간 소년이 흰나비로 날아와 앉듯*

뼛속까지 죄가 없다는 얼굴로

나를 안아보세요 그것이 사월 바다의 체온이에요

추워요 추워요 몸을 떤다

*

울타리를 세우고 양들을 몰아넣었다

돌봐야 할 마음 같은 건 없다고

죽은 사람은 죽은 사람**

잡초가 자라도록 배고프도록 내버려두었다

*

그날은 꿈속까지 칼이 들어왔다

천장 가득 눈망울들이 매달려 있었다

물컵을 놓치고

황급히 밖으로 나갔다 돌보지 않은 양들을 포박한 채

출항하는 배가 보였다 검은 돛이 맹렬히 흔들렸다

*

죽어도 죽지 않은 사람, 죽어도 죽을 수 없는 사람

바꾸어 불러도

배는 돌아오지 않았다

어떤 양은 돛대에 꽂혀 바람의 난폭함을 증명하고

어떤 양은 창 속에 갇혀 그 방의 수심을 모르게 한다

*

울음소리가 들려 잠에서 깨면

창밖에 출항을 준비하는 배가 보였다

다음 날도 그다음 날도

같은 배가 눈앞에서 떠나갔다

*

텅 빈 울타리를 앞에 두고

나는 까맣게 까맣게 흐느꼈다

눈에다 못을 박아넣고 싶은 날들이 흘러간다

*, ** 신대철 「흰나비를 잡으러 간 소년은 흰나비로 날아와 앉고」.

이사

꽁꽁 언 듯 보여도 강은 자잘한 실금으로 가득했다 그는 강 위로 성큼 걸음을 내디뎠다

대체 어딜 가려는 거예요? 소매를 붙들고 이곳은 너무 추우니 이제 그만 집으로 가요 한사코 말려도

그는 내 손을 뿌리치고 걸어갔다 제법 멀리까지 갔다

얼마 뒤 그는 걸음을 멈추었고 누군가와 이야기를 나누는 듯했다 자못 심각한 얼굴로 이따금 손짓을 하며 고개를 절레절레 흔들다 껄껄껄 웃기도 하며

강이 갈라지고 있다고 소리쳤지만 그에겐 들리지 않는 듯했다

그는 그를 따라갔다 내가 뒤쫓으려 하자 강은 성난 짐승처럼 깨어났다 나는 멀리서 발을 동동 굴렀다 그는 서서히 작은 점이 되어 멀어져갔다

깜빡 잠이 들었던 모양이네 별스러운 꿈도 있다고 나는 고이 잠든 그의 얼굴을 내려다보았다 그는 여느 때와 다름 없이 평온해 보였다

그러나 그의 눈동자를 가만히 들여다보자 전에 없던 실금이 가득했다 화들짝 놀라 그의 어깨를 흔들었지만

푸른빛이 빠르게 번지고 있었다 더 세게 흔들어도 소용 없었다

뮤트

밀랍 인형을 앉혀두고
조각가는 턱을 괴고 있다
여름에 죽은 사람을 생각하며

문을 다 그렸다면 이제 그 문을 열고 나오세요
기다린다

저녁에는 식탁 가득 음식을 차리고
길을 걷다가 빛 속에서 까무러치는 아이를 봤어
킥킥거리며 가벼운 농담을 건넨다

파닥거리던 그 눈빛은 어디로 갔을까
걷다가 뛰다가 어느 순간 발을 놓쳐버린 사람처럼
너는 홀로 잠의 열쇠를 찾고 있겠지
네가 없는 얼굴은 여기 두고

벽은 느리게 흘러간다 벽은
너무 느리게 흘러가서 멈춰 있는 것처럼 보인다

흰 종이의 침묵을
곁에 두고

조각가는 돌아오지 않는 눈빛을 기다린다

의자에 앉았다 일어났지만
전부 일어나지는 않았다

필라멘트

내 눈 속에는 돌을 안고 가라앉는 사람이 있지
누군가 내 눈꺼풀을 덮어주면

흰 천에 덮인 채로 말라간다
키에 맞는 나무상자가 곁에 있다

목덜미를 끌고 가는 새벽
나는 침대 밑에서 오래된 외투를 꺼낸다
닿자마자 물크러지는 열매 같아
연필로 그린 새가 날아가고

창문을 열면 나무와 하늘과 여름이
새의 무게만큼 비어 있다

나를 엎지르면서 또 한대의 기차가 지나가고

발목을 끊고 그림자도 달아나버리고

살짝살짝 어깨를 떨고 있는 고요
나는 우산을 접으면서 작아진다

포르말린

너는 침대에 누워
햇빛이 있는 쪽으로 간신히 손가락을 뻗어간다

떼어낼 잎이 많은 오후
그네는 수면 위에서 흔들리고

두 눈은 탐스럽게 부풀고 있다 노랗고 터지기 쉬운 열매

나는 너를 화분에 심는다 너는 흐느적거리며 쓰러진다
제발 그대로 좀 앉아 있어

벽에 비친

우리는 들리지 않는 음악에 맞춰
다정히 춤을 추고 있다

물처럼 흔들리는 무릎과
호주머니 속의 못들

볕이 잘 드는 창가로 너를 데려다줄게
창백해도 들키지 않는 곳으로

저녁을 짓는 동안 열번의 여름이 흘러간다
쌀을 씻던 손이 파랗게 변해 있다

페와

무엇으로 흘러온 걸까 페와, 나는 몸보다 큰 배낭을 메고 여기까지 왔어 말 못하는 들판의 나무들, 나뭇잎 하나까지도 견딜 수 없이 무거워져서

스위치를 끄고 주저앉아 너의 깊은 눈동자를 향해 돌을 던진다 돌 하나에 사람 하나 돌 하나에 사람 하나, 아무도 찾아가지 않는 이름들 너는 눈 속에 저렇게 큰 산을 품고도 그 눈을 감는 법을 모른다

온몸의 피를 새것으로 갈고 싶어 페와, 바람이 불 때마다 내 몸속 박쥐떼가 흔들린다 빛의 뿌리는 어디쯤 파묻혀 있는지 우리의 갈망은 왜 매번 텅 빈 새장으로 내걸리는지

쓰다듬을수록 참혹하게 엉키는 길 위에서 몸을 벗고 멀어지는 구름들을 바라본다

고개를 내저으며, 페와 그것이 은총이라는 듯 과일들은 담담하게 썩어가고 우리는 다시 끝나지 않는 식탁에 앉아 질문으로 가득한 책을 써내려가야 하겠지

페와, 네가 침묵으로 내내 말할 때

우리 눈을 감기는 손은 어디서 오는 것일까 누구의 동의도 받지 않고 번번이 되돌려지는 밤들은

너를 보내는 숲

빈방을 치우는 일부터 시작했다
놓을 줄도 알아야 한다는 말을 가슴에 돌처럼 얹고서
베개에 붙은 머리카락을 떼어내고
흩어진 옷가지들을 개키며

몇줄의 문장 속에 너를 구겨 담으려 했던 나를 꾸짖는다
실컷 울고 난 뒤에도
또렷한 것은 또렷한 것
이제 나는 시간을 거슬러
한 사람이 강이 되는 것을 지켜보려 한다

저기 삽을 든 장정들이 나를 향해 걸어온다
그들은 나를 묶고 안대를 씌운다
흙을 퍼 나르는
분주한 발소리
나는 싱싱한 흙냄새에 휘감겨 깜빡 잠이 든다

저기 삽을 든 장정들이 나를 향해 걸어온다

분명 잠이 들었던 것 같은데
사방에서 장정들이 몰려와
나를 묶고 안대를 씌운다
파고 파고 파고
심지가 타들어가듯
나는 싱싱한 흙냄새에 휘감겨 깜빡 잠이 든다

저기 삽을 든 장정들이 나를 향해 걸어온다
가만 보니 네 침대가 사라졌다
깜빡 잠이 든 사이
베개가 액자가 사라졌다
파고 파고 파고
누가 누구의 손을 끌고 가는지
잠 속에서 싱싱한 잠 속에서
나는 자꾸만 새하얘지고

창밖으로
너는 강이 되어 흘러간다

무릎을 끌어안고
천천히 어두워지는 자세가 씨앗이라면

마르지 않는 것은 아직
열려 있는 것

눈이 내리고
눈이 내리고
눈이 내린다

세상 모든 창문을
의미없이 바라볼 수 있을 때까지

죽은 개를 기르는 사람은

손에 들린 사과를 깎는다 시작도 끝도 없이
창밖에는 미수에 그친 여름이 있다

그는 길을 내려 했다 깎을 수 없는 것을 깎으면서
한 시간을 파묻으려 했다 사과는 흠집 하나 나지 않는다

누가 이 싸움을 시작했는가
물을 찢고 나오지 못한 사람들이 차례로 흉상이 되어간다
토막 나 끊긴 길들
사방이 벽이어서 지킬 수 있는 이름들

내디디려는 발보다 빠르게 계절은 겨울로 치닫고
폭설은 맨발을 요구한다 마지막까지 칼을 움켜쥐게 한다

그는 언제부터 깰 수 없는 꿈에 들었는가
살아남았다는 얼굴을 하고서
비탈을 지날 땐 비탈의 속도가 되고
밤을 견딜 땐 밤의 기둥이 되는

칼의 기도가 자란다
그럴수록 그가 깎여간다
있지도 않은 사과를 손에 들고

플라스틱 일요일

이 방 창문에선 나무들이 아주 가까이 보여 가끔 흔들리던 나무의 눈빛이 검게 변할 때가 있는데 그럴 땐 소스라치게 놀라곤 해

종이로 만든 새를 날려 보낸다 기도는 새가 될 수 있다고 다짐하고 다짐하면서 문틈으로 스며드는 빛을 보며 제발 나를 찌르지 말아달라고 말한다

맹수를 쏘고 꿈에서 깨어났어 아니, 번번이 죽은 짐승이라는 걸 확인하기 위해 쏘았지 무엇이 진짜인지 모르겠어 손에 들린 가위와 머리카락,

안으로 잘 닫혀 있는 물고기들처럼 물에 가까운 얼굴을 위해 두 눈은 더 오래 흘러넘쳐야 하는지 모른다

왜 아무것도 살아 움직이지 않는 거야? 파랗게 질린 입술로 올려다보는 저녁 날아가던 새떼가 멈춰 있는 잘 깨지지도 않는 하늘

외투가 먼저 돌아와 있는 방에서 우리는 익숙하게 마주앉아 긴 이야기를 나누었다

나에겐 따뜻한 잠이 필요했다 주저앉아 울 햇볕이라도 좋았다

제4부

거짓말을 하고 있어

끄룽텝*으로 향하던 비행기가 추락했다는 소식이다
나와는 상관없는 일이다
그런데
왜 그때 눈앞에서 석류 한알이 떨어졌을까

먼 나라에서 온 전언이었을까
낙법을 골몰할 새도 없이
다급히 건네야 했던 새빨간 말

글쎄,
나는 영혼 같은 건 믿지 않는다

며칠째 굴뚝에 사람이 매달려 있다는 소식을 들었을 때도
내몰린 마음의 끝에서
제 그림자를 갉아먹는 거미와 눈 마주쳤을 때도

나는 믿지 않았지 구원이라는 말

모든 것이 정확하게 돌아간다
모든 것이 정확하게 맞물린 채
모든 문을 봉쇄하고 명령한다
다른 곳, 다른 곳은 없다고

나와는 상관없는 일이지만
왜 자꾸 눈물이 차오르는지는 묻지 못한다

돌 아니라 사람
부품 아니라 사람
그런 말들은 너무 작아서
종이 인형 하나 쓰러뜨리지 못하는데

왜 자꾸 날아오르려는 것일까 믿음이라는 말

짓밟힌 눈빛은 나와 상관없다
서늘하게 뻗어나가는 담쟁이덩굴은 나와 상관없다
등을 돌리고 있어도

나의 하루가 일그러진다
시도 때도 없이 출몰하는 거미들
후드득후드득 방 안으로 쏟아져내리는 석류 때문에

* Krungthep: 천사의 도시.

탁묘

우리가 두고 온 것이 흔한 우산이었으면 좋겠어
너는 마치 다시는 돌아오지 않을 사람처럼 말한다
고작 일주일간의 여름휴가일 뿐이야
일주일은 아주 짧은 시간이라구

너는 계속 침울하다
걷고 있지만 한걸음도 떠나지 못한다

버려졌다는 기분이 들면 어쩌지?
기차에 앉아서
우리가 곧 데리러 간다는 걸 알고 있을까?
낯선 나라의 음식을 앞에 두고

네가 펼친 지도에는 앞이 없다
네 눈동자에는 고름처럼 시간이 고여 있다

뒷모습은 짐작하지 못한 방향에서 탄생하는 것
어떤 길은 낮잠 같았고 어떤 길은 발톱을 세웠다

앞으로는 기억을 부위별로 저장하는 습관을 들여야겠어
우리는 구석에 놓인 두개의 검은 비닐봉지처럼

차들이 쌩, 하고 지나가고
회전문이 빠르게 돌아가고
접시 위로 접시가 쌓이고
신호등이 녹색으로 바뀌고
길을 건너는 사람들을 보았다
이쪽으로 되돌아오는 사람은 없었다

사과는 기억하고 있을까?
제 몸을 통과해간 태양과 바람의 행방
씨앗을 쓰다듬던 밤의 손길

왜 괜한 사과 얘기는 하고 그래?

고양이 하나를 맡겼을 뿐인데
우리의 여행은

되돌아가기 위한 여행이 되었다
우리는 떠나온 적도 없고 서로를 버린 적도 없다고 말해야 했다

호우

방 안으로 새가 날아들었다
문이 열려 있지 않은데
여긴 어떻게 들어왔을까
창문을 열고 새를 날려 보낸다

방 안에 새가 들어와 있다
주위를 둘러보아도
문은 열려 있지 않은데

새의 눈을 들여다본다
사람 손을 많이 탄 것 같다

이것은 아주 오래된 이야기
태양이 태양을 삼켜 자멸하고
멈추지 않는 비가 내리고
매일 조금씩 떠내려가는 방 안으로

새 한마리가 날아들고

날려 보내도 기어이 되돌아오고
더듬더듬 그 새를 살피고
이름이 필요해졌다는 이야기

이름이라니,
우리는 정말 멀리 와버린 것이다

닫힌 문 안으로 쉴 새 없이 비가 들이치고
목은 자꾸 휘어지려고만 하고
언젠가
이 새가 나를 포기하는 순간이 올까봐

가망이라는 말을 뒤돌아본다
비가 와도 울지 않는다

너의 명랑

너는 저녁 내내 철봉에 매달린다
어둠이 내리면
손을 두고 터벅터벅 돌아온다
너의 손은 밤새도록 흔들린다

너는 사자 한마리를 기른다
이제 그만 내게서 도망치라고
윽박질러도 엎드려 꼼짝 않는 사자
너는 매일 그애 곁에서 잠든다

아침은 네가 가장 사랑하는 시간
커다란 여행가방 안에 짐을 꾸리며
모닝 글로리 품은 세상에서 가장 황홀한 호수
사람이 빠지면 곧바로 녹아버린대
호주머니에 고이 접어둔 사진을 두번 세번 들여다보며
가지 않는다

깨진 거울을 조각조각 들여다본다 오월

치우지 않은 밥이 꾸덕꾸덕 말라간다 유월
칠월에는 죽은 화분을 버리러 가는 산책
매일 더 멀어지는 집

간신히 그림자를 앞세우고 돌아오면
어느새 팔월이 된다

그래 죽자 차라리 죽어버리자
식칼을 집어 들고서
어머 이 자두 빛깔 참 곱다
큭큭거리는

사랑한다 사랑하지 않는다
멍울이 망울이 되는 기적
너의 눈은 동화 속 비밀의 숲처럼
오려두고 싶은 슬픔으로 반짝인다

당분간 영원

먼발치에서 바라본다
말없이 돌을 나르는 사람, 돌을 끌어안고 돌이 된 사람,
그들의 등 뒤로
비밀스러운 해가 진다

저것은 선의인가
죽어가는 맹수에게 핏물 흐르는 고깃덩어리를 던지듯이

나는 내 안에
아직 아름다움이 남아 있다는 사실에 놀란다

쉽게 떼어지지 않는 걸음을 옮긴다
돌을 나르는 것 외엔
달리 아무것도 할 수 없는 평생
밤은 밤대로 필요하고
식물에게는 목소리가 없는 이유

나는 이 영원을 기록하기 위해

세상 모든 길을 걸어야 하는 사람

쌓으려는 손도 허물려는 손도
모두 같은 시간의 용광로 안에서 끓고 있다

불길은 잦아들지 않았다
계단을 오르던 사람은 계속 계단을 오르고
떠내려가던 사람은 계속 물 위를 떠가고

날마다 아이들이 태어난다
폭죽은 잔해의 다른 이름

어느 밤 꿈엔 낯선 이가 머리를 들이밀었다
당신은 무엇을 잘못했습니까

눈을 뜨면 길을 걷고 있었다
어떤 개는 목줄에 묶인 사람을 끌고 갔다

그럼 이건 누구의 이빨자국이지?

우리는 덜컹이는 기차 안에 있었다 올라탄 기억은 없지만

가고 있다고 믿었다 저마다 마음속으로 빛나는 운석을 상상했다

불길이 시작된 곳
흰 눈 속에 흰 개를 묻을 때 울려퍼지던 낮은 종소리

창밖은 새하얬고 아무것도 보이지 않는 날들이 계속됐지만 진짜는 원래 보이지 않는다고 생각했다

누군가 의문을 제기했다 선로를 벗어난 게 아닐까요 애초에 운석이 존재하긴 했던 겁니까 사람들은 내놓으라고 말했다 흰 것을 의심하기 시작했다

사람들의 믿음은

달리던 기차를 멈춰 세웠다 문이 열리고 사람들이 쏟아

져나왔다 수백개의 커다란 돌덩이들이 어지러이 흩어져 있었다

저런 건 우리 집 마당에도 얼마든지 있잖아 멀리 오면 바람의 방향이 달라질 줄 알았는데 돌덩이들은 점점 빛을 잃어갔다 기차가 사라지고 있어 누군가 다급히 소리쳤고

모두들 눈을 크게 뜨고 기차를 바라보았다

발은 땅에 닿아 있었다 사람들은 돌아가기 위해 이제 검은 돌덩이의 아름다움을 믿어야 했다

라파엘*

그는 방금 전까지 저 숲을 거닐다 왔노라고 말했다 그가 가리킨 곳에는 드넓은 공터가 있었다

그는 다른 곳이 있다고 말했다 흰 눈은 모든 것을 뒤덮는다고, 우리는 매일밤 잠들며 진짜 잠을 연습하고 있다고 말했다

우리는 장미정원으로 들어섰다 사방에 장미가 피어 있는데 이토록 환한 장미 앞에서 무슨 말이라도 하고 싶은데

장미가 무엇으로 피는지 알고 있어요? 그가 물어도 가시장벽을 맞닥뜨린 듯 아무 생각이 나지 않았다

나는 장미를 꺾었다 잎을 하나씩 떼어내며 장미에 다가서려 했다 손끝에 낯선 어둠이 스몄다

우리가 한송이 장미를 이해하게 된다면 우주를 이해하게 될 거예요** 생각할수록 고개를 숙이게 되는 벤치에서 장

미는 남김없이 흩어졌지만 어디에도 빛은 없었다

끝인 줄도 모르게 길들이 끝나 있었다 등 뒤는 드넓은 공터였다 보이지 않는 것을 어떻게 믿을 수 있어요? 물었을 때

그는 눈을 동그랗게 뜨고 말했다 당신 안에 사람이 있다고

좁은 다락에 갇혀 문을 두드리는 어린아이가 안 보이냐고, 안 보이냐고 물었다

* 인간의 고통을 치유하는 천사이자 토머스 모어의 『유토피아』에 등장하는 여행자. 현실세계의 인물이면서 유토피아라는 환상적 공간에 몇년간 체류한 경험이 있다.

** "우리가 만약 한송이 꽃을 이해하게 된다면 우리는 누구이고 우주가 무엇인지 알게 되리라." — 보르헤스

파랑의 습격

그날밤 나는 식물에게 영혼이 있다는 것을 목격했습니다 화분을 뚫고 두 다리가 자라났어요 마치 구름이 움직이는 것처럼 자연스러운 동작으로

그는 자리에서 일어나 기지개를 펴고 주위를 두리번거렸습니다 잠시 이쪽을 골똘히 바라보기도 했습니다 그러니까 그건 내가 극심한 피로 속에서 "누군가 말하고 있기 때문에 빛이 생긴다"*는 문장을 막 읽었을 무렵이었습니다

식물에 관해서라면 더이상 축적해야 할 지식은 없다고 생각했습니다 평생을 바쳐온 식물도감이 완성을 목전에 두고 있었으니까요 그러나 그날밤, 나는 기이한 빛과 마주쳤습니다 거듭 눈을 비비며 뒤쫓았지만 순식간에 사라져버렸어요 그리고 바로 그 자리에 처음 보는 꽃이 피어 있는 것을 보면서……

조소의 탁자에 불려와 있는 것 같았습니다 지금껏 나는 무수한 꽃을 보아왔으나 꽃이 어떻게 피어나는지는 단 한 번도 질문해본 적이 없었던 것입니다

방 안을 둘러보았습니다 외출 중인 모든 정물들, 째깍째깍 돌아가는 시계 소리만이 천둥처럼 내리꽂히는 이곳에

서……

한 소년이 방문을 열어젖히고 묻습니다 "아침이 왜 아침인 줄 아세요? 보고 싶은 우리 할머니, 꽃으로 돌아오라고요."

저 소년은 어떻게 식물학자가 됩니까 책 속에 갇힌 삶은 어떻게 흉기가 됩니까 나는 하루빨리 활자 밖으로 걸어나가야 합니다

* 프로이트.

손의 무게

더는 길어지지 않는 손가락을 가졌다
막다른 곳에서만 멀쩡한 우리들
봉투를 뒤집어쓰고 얼굴이라며 즐거워한다

나의 손은 칼이었을 때의 기억을 갖고 있다
나무나 돌을 쓰다듬으면 그 안에서 사람이 걸어나왔다
날카로움과 부끄러움은 자주 혼동되지만

무엇이 더 물감에 가까울까
죽은 쥐의 꼬리를 밟고 있는 사람과 머리에 꼭 맞는 구멍을 가진 사람
오후에는 돌을 던져 새의 머리를 맞히는 놀이를 한다

나는 나를 실감할 수 있어 질긴 밤의 자루를 끌며 벽돌을 주워 담는 일
팔과 닮았다는 이유만으로 잘려나간 가지들에게
창문과 얼굴을 동시에 허락하기만 한다면

오늘이라고 부를 만한 것이 없어서 단추를 생략해도
셔츠는 기억한다 바람의 근육이 살갗에 닿았던 순간들

얼굴을 받쳤던 손의 무게만큼 나는 기울어질 수 있다
먼 이름과 뒤집힌 신발들이 뒤섞여 온다
검정이 투명을, 입술이 말을 끝끝내 감추더라도

묵독 연습

할머니, 사람이 죽으면 어디로 가?
상한 이마를 짚으며 할머니는 아무 말도 안했다
땀으로 흥건한 옷을 벗기고
옷보다 더 더럽혀진 마음의 등짝을 쓸어내리며
입속으로 수저를 밀어넣었다 갓 지은 밥이라고 했다

거북처럼 엎드려 물고기 도감을 읽었다
팽투스 모레이, 파라첼리누스 레니애, 피로솜
희귀 물고기의 이름을 골똘히 들여다볼 때면
내 어항이 빈 어항이어도 좋았다 죽은 자는 물고기가 되어 먼바다로 헤엄쳐간다고 생각했다

할머니, 저기서 누가 자꾸 나를 부르는 것 같아
신열에 들떠 모이를 받아먹던 날들
나는 자주 물속에서 건져졌다
거기가 어딘 줄 아느냐고 다그치던 목소리가 희미했다

얘야, 물고기떼가 아니다 칼날이다 더는 깊이 가지 말거라

모래시계를 뒤집듯
매일밤 가파른 계단을 올랐다 나를 지키는 손이 있었다

창밖의 나무가 수초처럼 흔들리는 저녁
물이 뚝뚝 흐르는 몸으로 의자에 앉아
폭풍우가 휩쓸고 간 방 안을 읽는다
그런데 할머니, 어디 있어?

구석으로 내몰린 빛 속에서 물고기 한마리가 파닥거린다
창문을 열자 빠르게 헤엄쳐가는

나는 침묵의 우산을 쓰고 오래도록 손을 흔들었다

야간 비행

나는 이 비행기의 유일한 승객이자 조종사, 잠과 잠을 끝없이 이어 붙인 밤의 상공을 날아갑니다 조종사의 첫번째 자질은 어둠의 리듬을 타는 일이라고 엄마는 말했지요 불쑥불쑥 솟은 꿈의 허들을 넘을 때마다 부드럽게 출렁이는 잠 나는 유리 조각을 쥐고 둥글게 몸을 웅크립니다

발가락이 생겼습니다 우주를 떠돌던 목동은 기르던 양을 잃고 탯줄로 목을 감았다지요 나는 눈을 감고 촛농이 흘러내리는 소리를 들어요 조종사의 두번째 자질은 아름다운 귀를 갖는 일 나는 귓속에 작은 귀를 감추어 들리지 않는 음악을 채집하죠 더 먼 캄캄함을 향해 방향을 틀어요 눈꺼풀 위로 칼날 같은 꽃잎이 쏟아지고

날마다 비행 일지를 써내려갑니다 계기판을 믿지 않은 지는 오래되었어요 흔들리거나 뒤집히는 재미 도착하지 않는 동안에만 여행이니까요 언제나 열렬하게 파닥일 것 손금을 바꾸려던 바람의 유언을 따라 소금으로 뒤덮인 행성을 통과합니다 깊은 목마름의 힘으로 솟아오르는 나무가

있어요 온몸 가득 붉은 심장을 걸기 위해

뜨겁게 고여 있는 나의 우주 어둠은 내가 배운 최초의 단어입니다 비행기 창문이 열리지 않는 이유가 궁금한가요 잊히지 않는 비밀이 되려고 벽 안으로 몸을 밀어넣는 새들이 궁금한가요 오늘도 엄마는 청진기를 대고 나의 비행을 엿듣습니다 얼굴은 목에서 피어오른 단 하나의 꽃, 나는 그 꽃을 피워올리려고 힘찬 발길질을 시작해요

세그루 나무를 사랑한 한마리 지빠귀처럼

잠시 걸음을 멈추고 생각한다

같은 어깨를 나눠 가진다는 것에 대해
왜 한 나무는 웃자라고 한 나무는
묘목에 그쳐 있는가에 대해

지빠귀는 시름에 잠긴 나무에게로 먼저 날아간다
너무 많은 죽음의 기억 때문에
몸을 일으킬 수 없는
과녁이 된 밤들을 끌어안는다
사방에서 화살이 날아온다

화살을 꽂고 반대편 나무에게로 간다
뚫으려는 솟아오르려는
울어야만 도착할 수 있는 높이
피가 스민 열매를 향해서
태양과 눈 맞추는 시간을 마주한다

눈이 멀어 반대편 나무에게로 간다
　　　　　거짓말처럼 하루가 흘러갔다
화살을 꽂고 반대편 나무에게로 간다
　　　　　거짓말처럼 또 하루가 흘러갔다
얼어붙어 얼어붙어 날아간다
타오르며 타오르며 날아간다
　　　　　그렇게 공중은 길이 되고 집이 된다

마지막 세번째 나무는
멀리 둔다

이 나무에서 저 나무에게로
이 나무에서 저 나무에게로
똑같이 아픈 나무를 오가다

눈앞에 없는 나무를 생각한다

한번도 열린 적 없는 철문이 열리고

흐느낌처럼 새어나올 빛을 생각한다

요제피네

너는 노래가 필요한 사람의 어깨에 앉아 있다

밤이
수천마리 악어를 감추고
괜찮아 어서 뛰어내려보렴 속삭일 때마다

너는 노래하네
죽음은 죽음일 뿐
죽음은 죽음일 뿐

이제는 없는 개를 실감하려고
자루 안에다 개를 넣었다 꺼내는 사람
그러다 개집에 얼굴을 들이밀고
킁킁거리며 우는 사람

누가 자꾸 개집을 내다버리는가
수십번 오르내렸던 계단에서
캄캄하지 않은 혀는 없네

캄캄하지 않은 혀는 없네

우리는 모두 두개의 호주머니를 가졌다네
묵직한 쪽과 더 묵직한 쪽
누가 자꾸 선물상자처럼 시간을 빻아 건네는가
복도에 우두커니 앉아 흩어지는 발소리를 들을 때

더 높이 살아 있으라고
가로등이 하나둘 켜진다
눈물이 가파르게 매달린다

불을 일으키는 칼끝은 보이지 않네
이미 당신을 찌르고 더 외딴 방문을 향해 길을 떠났네
한 슬픔을 재우는 자장가의 속도로

맥박은 몸속에서 꽃이 피는 소리
한번 날아오른 새가 음악 이전으로는 되돌아갈 수 없듯이
내일은 쓰다듬는 순간 색이 변하는 것

끝까지 들여다본 사과는 쪼갤 수 있는 어둠이 된다네

슬리핑백

바다 밑바닥은 생각보다 아늑해. 이곳엔 두 눈을 멀게 하는 태양도 늑대들의 울부짖음도 없고

발바닥을 간지럽히는 물의 감촉. 꿈인 듯 꿈 아닌 듯. 이렇게 가지런히 누워 흔들흔들 흔들리고 있으면 구원을 기다리는 일 따윈 하지 않게 돼.

누군가는 이곳을 빛의 점멸 구간이라고 불러. 깜빡깜빡. 깜빡깜빡. 수초 사이로 지나는 물고기떼가 은빛 동전처럼 반짝거리면

손을 뻗어 잡으려다 말고 나에게 손이 없다는 것을 깨닫는다.

그후론 손에 대해서만 생각했어. 밤을 잃어버리고 나서야 밤을 노래하는 사람들처럼. 손의 실종. 손의 실종. 무언가를 쥐어볼 수 없다는 것……

발도 얼굴도 흩어지고 내가 아주 작은 목소리가 되었을 때. 잠시 흰 돌고래의 몸을 빌려 수면 위로 솟구쳐본다면 멋질 거야. 지상에 전하는 마지막 윙크처럼.

너무 오래 슬퍼하지는 않기를. 너무 오래 슬퍼하지는 않기를. 밤낮없이 바다만 들여다보는 사람들에게.

아주 오래된 옛날에. 나는 이곳에 와본 적이 있는 것 같아. 신이 떨군 커다란 눈물방울. 영원히 마르지 않는.

기타는 총, 노래는 총알*

염색공은 골몰한다
흑백으로 이루어진 세계에 어떤 색을 입힐 것인가
고심에 고심을 거듭하던 그가
얼결에 페인트 통을 엎질렀을 때
우리는 태어났다

우리는 그의 아름다운 실수
돌이킬 수 없는 얼룩들
당신이 갓 태어난 아이를 보며 알 수 없는 두려움을 느끼거나
툭하면 허물어지는 성벽을 가진 것은
그 때문

내정된 실패의 세계 속에 우리는 있다
플라스틱 병정들처럼
하루치의 슬픔을 배당받고
걷고 또 걸어 제자리로 돌아온다

우리는 그의 기억 저편으로 사라진
풀리지 않는 숙제
아무도 내일을 믿지 않는다

그러나 우리에겐 노래할 입이 있고
문을 그릴 수 있는 손이 있다
부끄러움이 만드는 길을 따라
서로를 물들이며 갈 수 있다

절벽이라고 한다면 갇혀 있다
언덕이라고 했기에 흐르는 것

먼 훗날 염색공은
우리를 떠올릴 것이다
우연히 그의 머릿속 전구가 켜지는 순간

그는 휴지통을 뒤적여 오래된 실패를 꺼낼 것이다
스스로 번져가던 무늬들

빛을 머금은 노래를

* 빅토르 하라.

| 해설 |

'옆'의 존재론, 의미없는 실패라도 좋은

김수이

"도처에 말할 수 없는 어둠뿐"(「피아노의 병」)인 세계에서 "나는 이제 산 것과 죽은 것을 구분하는 방법을 모른다"(「월요일에 죽은 아이들」). "거기 있어? 물으면 거기 없는//여름"(「돌의 정원」), "불현듯 돌아보면/흩어지는 것이 있다/거의 사라진 사람이 있다"(「몽유 산책」). "페와, 네가 침묵으로 내내 말할 때/우리 눈을 감기는 손은 어디서 오는 것일까 누구의 동의도 받지 않고 번번이 되돌려지는 밤들은"(「페와」). "밤 그리고 밤"(「접어놓은 페이지」)의 나날들.

안희연의 시는 세계의 소멸과 존재의 몰락이 한꺼번에 진행되는 가장 어두운 세계의 흐릿한 삶 속에서 탄생한다. 가장 어두운 세계란 폭력, 불의, 비양심 등의 윤리적 차원의 부정성이나 지배 논리, 구조적 모순 등의 사회·역사적 차원의 부정성을 초과하는 더 근원적인 부정성에 휩싸인 세계를 뜻한다. 여기서 부정되는 것은 세계의 당위적 모습이나 존재의 존엄성 등이 아니다. 가장 본질적인 의미에서의 세계와 존재 자체이다. 안희연의 시는 삶 자체의 실종, 삶 자체의 불가능성이라고 말해도 좋을 이 사태를 하루하루, 한 호흡 한 호흡씩 살아내야 하는 자의 통증에 관해 쓴다. 더불어 이 통증의 힘으로 쓰인다. 기묘하게도 안희연이 앓는 통증의 구체적인 증상은 무감각과 무력감이다. 세계와 존재와 삶에 대한 통각이 예민해질수록 강렬해지는 무(화)의 감각.

안희연은 고통스러운 무감각, 격렬한 무기력, 무욕한 의욕 등의 역설적인 존재 방식이야말로 어떤 외압에 의해서도 박탈될 수 없는 존재의 마지막 역량이라고 생각하는 듯하다. 사라지는 세계 속에서 함께 휘발하는 "거의 사라진 사람"은 어떻게 살아갈 수 있으며 살아가야 하는가. 안희연의 첫 시집은 최근 우리 시의 중요한 의제인, 동일성의 허구와 과잉을 넘어선 시적 체제 및 시적 주체를 향한 탐색의 선상에 있다. 어쩌면 오늘날 지구와 자연의 생태학보다 더 위태로운 상황에 있는 것은 세계와 인간 존재의 생태학이다. 지속 가능한 세계가 아닌 '세계' 자체의 지속에 관한 생태학, 생물학적 차원 이전의 존재론적 차원의 생태학은 현대의 시와 문학이 감당해야 할 최후의 과제가 될 가능성이 있다. 안희연은 자신의 시가 발생하는 기원에 대한 성찰을

시 쓰기의 핵심 과업으로 삼는 과정에서 자연스럽게 이 문제에 접근한다.

최근 우리 시에서 세계와 함께, 세계 속에서 존재하기 위한 시적 주체의 고투는 대략 두 방향으로 진행되는 듯하다. 하나는 지금까지 시적 주체에 설치한 다양한 장치와 이름들을 반납하고 '익명'으로 귀환하면서 소실되는 것이며, 다른 하나는 시적 주체의 다르거나 새로운 차원을 발명하는 것이다. 이를 감축과 (재)생산의 존재 방식, 최소화와 최적화의 존재 방식이라고 부를 수 있겠다. 안희연은 두 방향성을 "언덕 너머에 진짜 언덕이 있다고 믿는"(「접어놓은 페이지」) 신념에 찬 상상과, "나는 내가 한사람이라는 것을 믿는"(「하나 그리고 둘」) 상상의 신념의 문제로 변주한다. 한편으로 '나'는 그 "진짜 언덕"의 풍경과 이름을 알지 못하기에 아무리 많은 이름을 갖는다 해도 아무 이름도 갖지 않은 것과 같다. 다른 한편으로 '나'는 "내가 한사람이라는 것을 믿는" 법을, "한사람"으로 존재하는 법을 끝없이 발명해야 한다. 단적으로 말해서 '익명'은 동일성의 주체가 취할 대안이 아니라 기원이자 본질이며, 이를 각성한 존재가 세계와 함께, 세계 속에서 어떤 형태로든 수렴하고 재구성해야 할 존재 조건이다. 이 점에서 주체의 탄생은 세계의 지속과 깊이 연결되어 있으며, 글쓰기의 탄생과도 같은 과업을 공유한다. 주체는 모든 관점을 동시에 가질 수 없는 것과 마찬가지로 아무 관점도 갖지 않을 수는 없다. 익명에 의탁하거나 익명을 내면화한 주체는 가능하지만, 혹은 익명의 목소리는 가능하지만, 엄격한 의미에서 익명의 주체는 가능하지 않다. "너무 많거나 하나도 없는 것, 그러므로 가득한 것, 흔들리는 것, 어두워지는 것,/아직 태어나지 않은 아이들"(「토성의 영향 아래」)이 말하기 위해서는 주체의 불가피성, 이름의 불가피성을 끌어안아야 한다. 존재한다는 것, 살아간다는 것, 글을 쓴다는 것 등의 존재와 삶의 최대 과업은 주체와 이름의 필요성을 승인하고 불가피함을 무릅쓰는 일로 이어진다.

이것은 아주 오래된 이야기
태양이 태양을 삼켜 자멸하고
멈추지 않는 비가 내리고
매일 조금씩 떠내려가는 방 안으로

새 한마리가 날아들고
날려 보내도 기어이 되돌아오고
더듬더듬 그 새를 살피고
이름이 필요해졌다는 이야기

이름이라니,

우리는 정말 멀리 와버린 것이다

—「호우」 부분

안희연은 존재의 감축과 (재)생산, 최소화와 최적화의 작업을 따로 구별하지 않는다. 그녀에게 존재의 소실점과 존재의 (재)탄생 지점은 다른 것이 아니다. 안희연에 의하면, "누군가 나를 찢고 달아날 때마다 나는 매번 다른 사람이 되"(「줄줄이 나무들이 쓰러집니다」)므로, 내 입에서 "두개의 목소리가 동시에 터져나오더라도 놀라지 않기로 하자"(「파트너」). 타자들에 의해 타자들로 찢기면서, 즉 부분적으로 죽고 다시 태어나면서 "매번 다른 사람이 되"는 '나(들)'은 존재의 최소화와 최적화를 부단히 실행하는 중에 있다. "*아직 덩어리인데 괜찮으시겠습니까?*"(「액자의 주인」), "내 손이 한 일이 아닙니다"(「히스테리아」), "목소리는 목 안에 없는데 어디서 오는 것일까"(「뇌조」), "이제 나는 목이 부러지는 높이를 아는 사람"(「화산섬」) 등에서 보이듯 미정(未定)과 부정(不定), 답 없는 질문, 한계 인식 등의 존재론적 사유가 이 과정에 수반된다. 불확실하고 모순에 찬 삶의 정황들을 알레고리화하고, 이 알레고리화된 상황들 속에서 암시와 상징의 언어를 통해 벌이는 안희연의 시적 고투는 "하루해가 저물 때까지 한 사람을 완성하는 일"(「입체 안경」)로 집약된다. 예컨대, "몸이 바닥 쪽으로 기울 때 한꺼번에 쏟아지면서 완성되는 것 단 한순간이라도 나의 최대치가 되어 보는 일"(「러시안룰렛」)이 그것이다. 짐작할 수 있겠지만, 이 존재론적 싸움의 앞날은 그리 순탄하지 않다. "한 사람을 완성하는 일"은 몇몇 예외적인 순간을 제외하고는 실패하게 될 것이며, '한 사람'에 이를 수 없는 혼란스럽고 미진한 하루들은 계속될 것이다.

안희연에게 존재(함)의 이러한 혼돈과 투쟁이 극대화되는 곳은 '백색 공간'이다. 백색 공간은 표면적으로는 아무것도 쓰이지 않은 흰 종이를, 심층적으로는 무한히 도래하면서 비워지는 글쓰기의 공간을 의미한다. 모리스 블랑쇼가 "본질적 고독" 가운데 "비인칭의 긍정이 예고되는 공허한 장소"라고 규정한 곳, 홀로 있는 '나'를 포함해 아무도 없는, 그러나 "밝힐 수 없는 그 누구(on)가 있는 곳"이라고 진술한 바로 그곳이다. 글쓰기의 공간은 익명의 타자들이 실명의 반대 개념이 아닌, 이성과 언어로 포착할 수 없으며 다만 아스라이 감지할 수 있을 뿐인, 글쓰기 자체를 (불)가능하게 하는 근원적인 (불)가능성으로 잠재해 있는 곳이다. 그런데 이름을 드러내지 않음을 뜻하는 '익명'은 '존재'보다는 '존재감'을 겨냥한 개념이라는 점에 유의할 필요가 있다. 존재하되, 존재감이 희미한 존재의 이름 아닌 이름이 '익명'이다. 글쓰기의 공간은 익명의 존재들이 익명의 목소리로 발성하는 곳이며, 그 불가해한 목소리를 글쓰기의 주체가 불가피하게, 부적절하고 어긋나는 언어로 써내려가는 곳이다. 안희연의 시에서 백색 공간에 가득한 '침묵'은 말이 없는 상태가 아니라, '침묵'이라는 말로밖에는 표현할 수 없는, 언어 이전이나 이상 또는 부정의 어떤 경지를 가리킨다. 아무도 없으나 누군가(밝힐 수 없는 타자)가 있는 곳, 백색 공간=글쓰기의 공간은 "미끄러지면서/계속해서 미끄러지면서//글자의 내부로 들어"갈수록 "이곳이/완전한 침묵이라는 것을 알"게 되는 곳이며, 오히려 "그리다 만 얼굴이 더 많은 표정을 지녔음을 알게" 되는 곳이다. "물도 햇빛도 없이/침묵이 고이면 얼마나 깊은 두 눈을 갖게 되는지"를 존재의 촉수로 감지할 수 있는 공간. "온몸이 뒤틀린 나무가 온몸을 비틀며 자라고 있"는, 성장하기 위해서는 왜곡과 기형을 피할 수 없는 공간. 이곳에서는 "아무것도 쓰여 있지 않은" 무의 상태가 "단 한권의 책"과 존재의 "밤"을 위한 공통의, 최적의 수사가 된다. 안희연이 '백색 공간'이라는 제목의 시 세편을 쓰면서 굳이 구별의 표지를 달지 않은 것은 이러한 역설과 관련이 있을 터이다.

단 한권의 책이 갖고 싶어
아무것도 쓰여 있지 않은

밤

나는 눈 뜨면 끊어질 것 같은 그네를 타고

일초에 하나씩
새로운 옆을 만든다

—「백색 공간」 부분

안희연 시의 주체는 익명에 근거하나 익명을 끊임없이 위반해야 하는 존재의 운명과 글쓰기의 운명이 같은 지평에 있음을 인식하고, 둘을 함께 살아내는 데 매진한다. '나'는 "아무것도 쓰여 있지 않은" 가장 이상적인 형태의 책과 존재의 밤을 꿈꾸면서, "눈 뜨면 끊어질 것 같은" 사유와 상상의 "그네"를 타고 "일초에 하나씩/새로운 옆을 만든다". 언어의 연쇄 및 언어와 더불어 갱신되는 존재(함)의 연쇄를 의미하는 "새로운 옆"들은 단어들이 모여 문장을 이루고, '누군가'들이 모여 '나'를 이루며, 목소리들이 모여 "한 사람"을 이룩하는 과정을 환기한다.

안희연에게 존재한다는 것과 글을 쓴다는 것은 본질적으로 환유의 운동이다. 믿을 수 없을 만큼 빠른 속도로 "새로운 옆을 만"드는 안희연의 환유의 운동은 "자꾸만 미끄러지"면서 타자를 향해 가는 이동에 그치지 않고, 그렇게 지나쳐온 타자들을 매우 느슨하게 끌어안고 축적하는 형태를 띤다. '나'는 점점 더 많아지고 넓어지며 복잡해지는 것이다. 안희연은 옆으로 활짝 열린 채 수많은 누군가들로 붐비는 존재의 현장이 바로 '나'이며, "내가 한사람이라는 것을 믿는" '나'의 복잡다단하고 역설적인 신념이 "이름이 돋아"나는 존재하기-글쓰기의 생장점임을 피력한다.

1
휴일이 되자 다른 목소리가 흘러나왔다

누군가 헬멧처럼 내 얼굴을 뒤집어쓰고 손목 안으로
손목을 밀어넣었다

2
누군가 읽은 편지 누군가 쓰다듬은 고양이 누군가 깨문 과일
그는 접시를 닦으며 나에게 맞는 이름을 찾는다
누군가 연 문 누군가 넘어뜨린 의자 누군가 죽은 병원
거품 속에서 자꾸만 미끄러지는 것은
접시일까 이름일까

3
(…)

나는 내가 한사람이라는 것을 믿는다

4
(…)

문득 손이 뜨겁다 손끝에서 이름이 돋아날 것 같다

—「하나 그리고 둘」 부분

안희연은 대체로 '안과 밖'의 경계/차이의 구도로 상상되어온 주체와 타자의 관계를 '옆'의 수평과 연대의 구도로 치환한다. 위의 시에서 보듯 안희연에게는 안이나 밖도 '옆'의 공간성으로 경험된다. 위나 아래도 별반 다르지 않다. 근접성, 평등, 접촉 등을 함의하는 '옆'은 안희연이 지향하는 삶과 시의 윤리적 지평을 가늠하게 한다. '옆'은 "너의 슬픔이 끼어들"(「파트너」) 수 있는 '나'의 윤리적 가능성의 지평이며, 이 윤리적 가능성의 지평으로 인해 문득 뜨거워지고 드넓어지는 '나'의 존재적 지평이다. 안희연에게 시쓰기는 세계를 다시 지속하게 하고 존재를 다시 존재하게 하는 일과 분리되지 않는다. "일초에 하나씩/새로운 옆을 만"드는 안희연의 시 작업은 '옆'을 발견하는 것을 넘어 무언가를 만들고 재창조하는 일을 핵심으로 한다. 그녀가 "새로서 존재했던 순간이 있"었던 과거나 "성대 잘린 개들을 위한 발성법"(「트릭스터」)을 발명하기 위해 애쓰는 현재를 살아내는 것은 다양하고 이질적인 존재들에도 기꺼이 다가가는 '옆'의 윤리와 상상력에 의한다.

세월호 참사를 다룬 시편들은 안희연이 스스로 만들지 않아도 만들어지거나 만들도록 그녀를 고통스럽게 추동하는 '옆'의 더 뿌리 깊은 윤리학을 보여준다. "죽어도 죽지 않은 사람, 죽어도 죽을 수 없는 사람"(「검은 낮을 지나 흰 밤에」)들은 "심지도 않"았는데 "벽을 뚫고 자라나는 나무들"처럼 계속 진주해와 '나'의 '옆'을 이룬다.

눈을 감았다 떠도 아이들은 사라지지 않는다

심지도 않은 나무가 자랐어
생생하게 살아 있는 죽음들을
더는 넣어둘 다락이 없어
벽을 뚫고 자라나는 나무들을

여섯번째 아이가 떨어지면서
어깨 위에 잠시 앉아 있겠다고 한다

참
다정한

무게

—「월요일에 죽은 아이들」 부분

안희연의 '옆'의 존재론에 생산과 연대의 방향성만이 내포되어 있는 것은 아니다. '옆'의 부정적인 운동성은 본디 안희연이 기존의 세계로부터 배운 것으로, 수동적이고 기계적이며 질적 변화가 없는 삶의 방식을 의미한다. "지금껏 수많은 지시어를 만나왔습니다 나에게는 예언의 새가 있고 언제나처럼 그것을 따라가면 될 일이었습니다"(「피아노의 병」), "쉽게 떼어지지 않는 걸음을 옮긴다/돌을 나르는 것 외엔/달리 아무것도 할 수 없는 평생" "나는 이 영원을 기록하기 위해/세상 모든 길을 걸어야 하는 사람"(「당분간 영원」) 등에서 드러나듯 존재감을 감축하고 세계를 희석하는 익명의 어두운 작용은 삶 속에서 여전히 위력을 발휘한다. 이 점을 놓치지 않는 것은 안희연에게 중요하다. 안희연의 첫 시집이 갖는 가장 큰 미덕은 바로 이 부분에 있다. 익명을 근간으로 하여 이름의 불가피성을 포용하며 작동하는 주체의 역량과, 익명으로 환원되고 해체되는 일을 막을 수 없는 주체의 무기력을 아우르려는 균형 감각. 안희연은 실명의 세계에서 존재하고 쓰는 일이 성공을 기약해두는 일이어야 한다고 생각하지 않는다. "내정된 실패의 세계 속에 우리는 있다"고 그녀는 단언하거니와, 의미있는 실패조차도 아닌 '의미없는 실패'로 귀결되어도 무방하다는 패기는 강렬한 울림을 만들어낸다.

> 내정된 실패의 세계 속에 우리는 있다
> 플라스틱 병정들처럼
> 하루치의 슬픔을 배당받고
> 걷고 또 걸어 제자리로 돌아온다
>
> 우리는 그의 기억 저편으로 사라진
> 풀리지 않는 숙제
> 아무도 내일을 믿지 않는다
>
> 그러나 우리에겐 노래할 입이 있고
> 문을 그릴 수 있는 손이 있다
> 부끄러움이 만드는 길을 따라
> 서로를 물들이며 갈 수 있다
>
> 절벽이라고 한다면 갇혀 있다
> 언덕이라고 했기에 흐르는 것
>
> 먼 훗날 염색공은
> 우리를 떠올릴 것이다

우연히 그의 머릿속 전구가 켜지는 순간

그는 휴지통을 뒤적여 오래된 실패를 꺼낼 것이다
스스로 번져가던 무늬들
빛을 머금은 노래를

—「기타는 총, 노래는 총알」 부분

"내정된 실패의 세계 속"에서도 우리는 노래할 수 있고, 출구를 만들 수 있으며, 무엇보다 함께할 수 있다. "그러나"라고 말하며 삶의 호흡을 가다듬는 순간, '옆'이 누군가를 향해 열려 있으며 무한히 계속된다는 사실을 발견하고 놀라워하면서 언어의 위대한 힘에 대한 믿음을 다시금 열렬히 가질 수도 있다. "절벽이라고 한다면 갇혀 있다/언덕이라고 했기에 흐르는 것"이라는 일종의 주문(呪文)과도 같은 믿음을 말이다. 안희연은 첫 시집의 마지막을 "오래된 실패"에 대한 확실한 예약으로 장식한다. 세계를 물들이고 누군가를 물들이는 '염색공'이 현재와 미래의 그녀 자신임은 물론이다. 의미없는 실패를 두려워하지 않는, 심지어 기꺼이 감당하고자 하는 염색공들에 의해 세계는 찬란한 색채를 되찾고, 존재는 다시 생기 넘치는 얼굴과 목소리를 갖게 될 것이다. "스스로 번져가던 무늬들/빛을 머금은 노래"들을 말이다. 설령 그럴 수 없다 하더라도, 다른 선택은 가능하지도 가능해서도 안된다는 당위와 필연을 안희연의 시들은 역설한다. 아직 선택하지 못했다면, 의미없는 실패가 두렵다면, 그녀의 첫 시집을 '옆'에 두는 것은 어떤가. 그녀의 시에 물들어가면서.

金壽伊 | 문학평론가

| 시인의 말 |

한편 한편 도끼로 나무를 내려찍는 심정이었다. 견딜 수가 없어서였다. 무엇을 견딜 수 없었는가 하면 잘 모르겠고, 그래서 견뎌졌는가 하면 그것도 잘 모르겠다. 정신을 차리고 보니 도끼자국 흉물스러운 나무 한그루만 남았다.

도끼의 마음은 오죽했겠는가. 영문도 모르고 나무에 상처를 내야 했던 그 마음은. 나무는 또 어떠했겠는가. 자신을 쓰러뜨리려 혈안이 된 저 무자비한 미움을.

돌이켜보면 모두가 가엾다. 눈앞에 없는 사람만 사랑하고 핏방울만이 진짜라고 믿었던 시간들. 내 삶에 불쑥불쑥 끼어들던, 내 것이자 내 것 아닌 슬픔들.

간신히 안간힘으로 흘러왔다. 그러니까 당신도 오래오래 아팠으면 좋겠다. 그 먹먹함의 힘으로 다시 씩씩하게 걸어가주기만 한다면, 서늘했던 당신의 눈빛이 사랑으로 기울 수만 있다면 나는 얼마든 아파도 좋다. 더 허물어질 수 있다.

그렇게 다짐하는 사이 또하나의 슬픔이 끼어든다. 낚싯줄에 걸리고도 무섭게 펄떡이는 놈이다. 나는 도끼를 들고 나무 앞에 선다. 감당 못할 무게이더라도 도망치지는 않을 것이다.

2015년 9월
안희연

창비시선 393
너의 슬픔이 끼어들 때

초판 1쇄 발행/2015년 9월 30일
초판 13쇄 발행/2024년 12월 30일

지은이/안희연
펴낸이/염종선
책임편집/박지영
펴낸곳/(주)창비
등록/1986년 8월 5일 제85호
주소/10881 경기도 파주시 회동길 184
전화/031-955-3333
팩시밀리/영업 031-955-3399 편집 031-955-3400
홈페이지/www.changbi.com
전자우편/lit@changbi.com

ISBN 978-89-364-2393-3 03810

* 이 책은 서울문화재단의 2014년도 문학창작집 발간지원사업의 지원을 받아 발간되었습니다.

* 책값은 뒤표지에 표시되어 있습니다.